사막의 염소

사막의 염소

지은이 | 기영주
펴낸이 | 임형오
펴낸곳 | 미래문화사

찍은 날 | 2015년 9월 1일
펴낸 날 | 2015년 9월 7일

등록 번호 | 제2014-000151호
등록 일자 | 1976년 10월 19일
주소 | 경기도 고양시 덕양구 삼송로 139번길 7-5, 1F
전화 | 02-715-4507, 02-713-6647
팩스 | 02-713-4805

전자우편 | mirae715@hanmail.net
홈페이지 | www.miraepub.co.kr

ⓒ기영주 2015

ISBN 978-89-7299-440-4 03810

사막의 염소

기 영 주 시 집

미래문화사

2002년 첫 시집 《맨해튼의 염소》를 출간하면서
다시는 시집을 내지 못하리라고 생각했습니다.
상실의 아픔과 잘못 살았다는 생각 때문에
한동안 시를 한 편도 쓰지 못했습니다.

2003년 여름 어느 저녁에 음악을 들으며
시간을 죽이고 있었습니다.
그때 가슴속 깊은 곳에서 슬픔이 밀려 왔습니다.
그리고 시가 나의 가슴 속에 나타났습니다.
그 날 이후로 시를 써오고 있습니다만
전처럼 가벼운 마음으로 시를 쓰지 못합니다.

68편의 시를 편의상 네 개의 묶음으로 나누었습니다.

다만 넷째 묶음은 21세기를 살아가는 코스모폴리탄의 고뇌에 대해서 쓰고 싶었습니다.

첫 시집을 낼 때처럼 두려운 생각이 듭니다.

누군가 나의 시를 읽고 가슴에 와 닿았다고

해 준다면 다음 시집을 또 내겠습니다.

기영주

■■■ 차례

시인의 말 · 4

🐐 묶음 하나 | 염소의 뿔

어머니의 胎夢 중에 빛나는 것들 · 13
염소의 뿔 · 15
맨해튼에 있는 國境 · 16
코스모폴리탄의 歸鄕 · 18
어느 道學者의 고뇌 · 20
古木 · 22
老松은 지금도 꿈꾸고 있다 · 23
碑木 · 24
枯死木 아래에서 1 · 25
枯死木 아래에서 2 · 26
진짜 나의 말이 우울해져서 · 27
깡통이 나를 걷어 찬다 · 28
미이라 앞에서 · 30
알라스카의 어느 공동묘지에서 · 31
歸路 · 32

묶음 둘 | 알라스카의 염소

無爲의 즐거움 · 37

소금 없는 마을 · 38

한 줄기 외길이 있는 풍경 · 40

다른 길을 보지 못했겠지요 · 41

그 길을 나는 모르네 · 42

나의 玉을 위한 기도 · 43

늦가을 들판에서 · 44

양들은 하늘을 보지 않는다 · 45

하늘을 날았으리 · 46

쓸쓸한 바람이 부는 그림 · 47

고운 단풍잎 하나 · 48

세느 강에서 · 50

사라스와티 · 51

집시의 노래 · 53

노아가 운다 · 55

바라나시에 가 있을 것이다 · 56

낮달과 함께 · 57

알라스카의 염소 · 58

묶음 셋 | 나그네의 정원에서

꿈에 아버지의 손을 잡고 · 61

어느 산촌에서 · 63

돌아온 탕자의 슬픔 · 64

돌섬 · 65

슬픔이 피리를 부네 · 66

오랜 친구를 보내면서 · 68

바람이 붑니다 · 70

폐허 된 정원 · 71

허망한 바람 · 72

불러야 할 노래가 없다 · 73

가슴에 박힌 대못 · 74

그래도 살아지더라 · 75

純白의 세상 · 76

절애 위에 등대만 남고 · 77

묘지에서 춤을 춘다 · 79

나그네의 정원 · 80

묶음 넷 | 新 遊牧時代의 寓話

잊혀진 사람 · 85

背德者의 辨明 · 86

창밖에 찾아와서 · 88

밥상 앞에서 · 89

실성한 바람이 되어 · 91

깃발 · 92

지름길 · 93

혼자서 만드는 길 · 94

죽은 새 · 95

忍苦하는 野生 · 96

하얀 연 · 97

먼바다의 海溢 · 99

두 개의 길 · 100

우주의 빛 · 101

겨울에 떠나는 巡禮 · 102

오래 견디는 바람이 되어 · 103

玄을 위한 詩 · 104

실성한 사람의 노래 · 105

쓸쓸한 세상에 그림 하나 남기고 싶습니다 · 107

작품해설 · 110

묶음 하나 | 염소의 뿔

어머니의 胎夢 중에 빛나는 것들

염소의 뿔

맨해튼에 있는 國境

코스모폴리탄의 歸鄕

어느 道學者의 고뇌

古木

老松은 지금도 꿈꾸고 있다

碑木

枯死木 아래에서 1

枯死木 아래에서 2

진짜 나의 말이 우울해져서

깡통이 나를 걷어 찬다

미이라 앞에서

알라스카의 어느 공동묘지에서

歸路

어머니의 胎夢 중에 빛나는 것들

용병들이 쫓겨와서 사는 도시에서는
안개가 걷혀도 태양이 구름 뒤에 머문다.
맞바람 불어 산성비 내리면
사람들이 契約書에 署名을 한다.
사랑도 행복도 계산해 놓은
암호로 쓰여져 이해하기 힘든
계약서에 사람들이 서명을 한다.

서명을 하지 않아도 된다지만
계약 없이는 살아가기 힘이 들기에
사람들이 하는 대로 나도 서명을 한다.
잘못되고 있다는 생각이 들면
도시의 끝에서 끝까지 돌아다닐 뿐
내가 할 수 있는 일은 아무것도 없다.

오늘은 한적한 거리, 옛 국도를 걷다가
나를 기쁘게 하는 노래를 들었다.

어머니의 태몽 중에 빛나는 것들
그 사랑과 행복을 노래 부르고 있었다.
아직도 이 도시에 태몽을 꾸는 사람이 있는가 봐.
빛나고 아름다운 어머니의 꿈속으로
계약이 필요 없는 마을로 돌아가고 싶다.

염소의 뿔

바쁜 사람들 사이에서 밀리며
콘크리트 보도를 걷고 있는
염소, 그의 뿔을 누가 무서워하랴.
오래전에 용도 폐기된, 그러나
버릴 수 없는 유산.
상처받은 뿔을
밤마다 새롭게 다듬는
염소여, 뿔이 있어 광대가 된
이방의 절름발이여
가면을 벗어버리자.
뿔이 있어 귀한 야생이여
죄와 슬픔을 견디고
새로운 순례를 떠나자.

맨해튼에 있는 國境

길을 가다가
그림자가 갑자기 없어지면
보이지 않는 국경을 넘은 것이다.
우리는 그 순간 유령이 된다.

거래를 하는 도중
방 한가운데로 국경이 그어지고
그림자가 없어지는 때도 있다.

어떤 이유로도
국경을 넘는 것은 위법이고
그림자 없이 다니는 것은 위험하다.
서둘러 조치를 취해야 한다.

여권과 비자가 있어도
통과할 수 없는 국경이 있어
절망하고 분노하는 밤들이 있다.

보이지 않는 국경에는
들리지 않는 외침이 있다.
피의 뜨거운 외침이 있다.

코스모폴리탄의 歸鄕

자주 다니던 중화식당 주인은 화교인데
자신은 코스모폴리탄이고
고향이 없다고 말을 해 왔다.
어느 해 겨울 희귀한 병을 앓게 되었고
치료 방도가 없다는 의사의 충고를 받고는
식당을 정리하고
고향으로 돌아가겠다고 말했다.

"전에는 고향이 없다고 하지 않았습니까?"
"춘천이 나의 고향입니다.
거기서 태어났고 삼십 년을 살았습니다."
"부모님의 고향도 춘천입니까?"
"조부모님은 산동에서 태어나셨고
부모님의 고향은 인천입니다."

그 뒤로 십여 년이 지난 봄날 오후에
남가주에 있는 그의 묘지에 와서

우리들의 고국과 고향을 생각한다.
우리들 코스모폴리탄은
귀향을 꿈꾸지만 돌아가지는 않는다.
물비늘 가득히 밀려오는 바다
수평선 멀리 안개가 피어오르고 있다.

어느 道學者의 고뇌

바닷가에 와서 소일을 하던
가난한 도학자가
어느 날 객혈을 하고
바닷가를 떠났다.
붉은 피는 바닷속 깊이 가라앉아
진주 같은 보석이 되었으리.

정의와 평등을 외쳐대던 사람들이
도학자가 소일하던 그 바다에 와서
깃발을 건져내어 혁명을 했다.
이념의 깃발을 높이 달고
사람들의 가슴을 붉게 물들였지만
진실은 드러나지 않았고
세상은 좋아지지 않았다.

먼 훗날을 위한 이념이 아니라
험한 세상 살아가는

가난한 사람들의 고달픈 삶을
그들의 권익과 자유를
도학자는 고뇌했으리.
객혈 속에는 큰 슬픔이 있었으리.

古木

지난해 겨울에는
죽은 나무인 줄 알았는데
살아 있었네!
살아 있었네!

마른 장작 같은 등어리에
수액이 차오르고
무성한 잎들로 등을 덮었네
꽃이 피고
가을에는 열매까지 맺었네.

이제 다시 겨울이 오면
잎들 다 떨구고
시린 등어리 내어놓고
죽은 듯이, 아주 죽은 듯이
춥고 긴 겨울을 견뎌야 하리.

老松은 지금도 꿈꾸고 있다

긴 세월 거친 바람 앞에서 견뎌온 것은
뼈가 단단해서가 아니다.
굳은 껍질로 버티는 것도 아니다.

꿈을 꾸고 있으면
뿌리에서 뜨거운 수액이 올라오고
송화 다시 피고, 상처 입어
굳은 몸으로 거친 바람 앞에 견딜 수가 있다.

언덕 위에 꽃들이 지천으로 피고
먼 여로에서 나의 임이 돌아오는 날
기뻐 춤추리. 한이 풀리는 춤을 추리.
노송은 지금도 꿈꾸고 있다.

碑木

노루재 근처 입석 아래 봉분도 없는 묘가 있고
무명전사의 묘라고 쓰인 비목은 가을비에 젖어 있네

도시에서 불던 분 냄새 나는 바람이
무심하게 지나가며 비목을 흔들고

먼 강촌 소복한 여인이 걸어 논 옥양목 천을 흔들던 바람이
여기 와서는 낮은 소리로 울고 있네

그해 가을에 그랬듯이
염소 한 마리 노인을 따라 고개를 넘고 있네

枯死木 아래에서 1

남부군들이 나뭇잎과 칡넝쿨로
발들을 동여매고 지나간 능선.

시대를 잘못 만난 사람들의 순한 눈들이
검은 동굴이 되어 하늘에 떠 있다.

햇살을 등 뒤로 하고
검은 눈들이 먼 강을 보고 있다.

능선의 고사목 아래에서는
애국도 정의도 말할 수가 없다.

한낮의 햇살이 어지럽게 흩어져
멀지 않는 천왕봉이 보이지 않는다.

枯死木 아래에서 2

능선 위 고사목 아래에서
종이컵에 음료수를 붓다가
능선을 따라가는 남부군들의 혼들을 본다.

총도 깃발도 들지 않고
등만 보이며 걸어간다.
반세기가 넘도록 고향에 돌아가지 못한다.

어머니와 형제들이 찾아와도
아내와 자식들이 찾아와도
무덤이 없는 그들을 만나지 못한다.

나는 음료수를 고사목 아래에 붓는다.
가을바람이 고사목의 허리를 스치며 지나가고
산꿩의 울음소리가 들려온다.

진짜 나의 말이 우울해져서

오늘 내가 했던 말들이
바지 주머니 속에 들어가 있다가
침실에까지 따라왔다.

이웃과 어울리기 위해서
의미 없는 말들을 하고,
체면 때문에 악의 없는 거짓말을 하고,
직장에서는 동료를 기쁘게 하려고 또는
아부하려고 꾸며낸 말을 하고,
진짜 내 말은 하나도 못했다.

세상에 나갈 수 없는
진짜 나의 말이 우울해져서
몸속을 돌아다니고
가슴을 꾹꾹 찌른다.
오늘 밤 수면을 방해하려나 보다.

깡통이 나를 걷어찬다

비 온 뒤 거리는 빛이 나고
하늘은 푸른데
나는 깡통이나 걷어차고 있다.

지상에 유토피아를 건설해야 한다고
박해와 학살을 주저하지 않는 사람들
독선을 진리와 정의라고 말하는 사람들
핏빛 깃발 아래 모여 아우성인데
나는 깡통이나 걷어차고 있다.

사랑이 제일이라는데
정의는 이루어져야 하는데
어찌해 미움이 이리도 많은가
나는 깡통이나 걷어차고 있다.

비 온 뒤 거리는 빛으로 가득하고

하늘은 푸르디푸른데

뒹굴던 깡통이 벌떡 일어나 나를 걷어찬다.

(2000년 정초, 신문에 실린 신년 시)

미이라 앞에서

부활은 끝내 없었고
마지막 한 방울의 체액까지
말라버린 육체의 수난을 본다.

흙으로 돌아가기를 거부하고
뜨거운 태양과 마른 바람 속에서
삼천 년을 견디며
신이 되려 했음은
누구의 속임수였던가?

허구된 문명의 유산
오래전에 소멸한
제국의 죄와 슬픔이여!

알라스카의 어느 공동묘지에서*

작은 섬들로 둘러싸여
잔잔한 호수 같은 바다.

금을 캐서 부자가 되겠다고
변경에 와서
탐욕스러운 사람들과
극한 상황에 부딪히고
무자비하게 짓밟히다가
연고자 하나 없는 작은 섬에서
서른도 못되어 세상 떠난 사람들.

은빛 파도 밀려오고
꿈 같이 아름다운
조용한 바다가 그늘진 묘지를
더욱 쓸쓸하게 한다.

*Icy Strait Point의 바다는 섬들로 둘러싸여 있어서 호수 같았다.
해 질 녘에는 표현하기 힘들 정도로 꿈속같이 아름다웠다.
길가의 조그만 공동묘지는 그늘져 있어서 더욱 쓸쓸했다.

歸路

여로의 끝에 와서
다시 한 번 안개 자욱한 계곡을 지나고 있습니다.
집으로 가는 길에 이곳을 피할 수가 없습니다.
수없이 많은 발자국 소리가 들리지만
안개의 숲에서는 아무도 만날 수가 없습니다.
차고 끈적끈적한 안개를 숨 쉬며 기침을 할 때면
누런 추억이 목에서 그르렁거립니다.

유목민이 되어 분노와 슬픔을 참으며
차고 메마른 바람 불고
마른 풀들이 누워있는
황량한 대지를 지나왔습니다.
신령한 산 아래에서는
신이 양의 피를 빨아먹고 잠들어 있었습니다.
모반의 도시에서 받았던 상처와 고통에 대한 기억들이
憂愁와 迷夢의 숲을 빠져나갈 수 있게 합니다.

분별할 수 없는 글들이 나무의 등에 나타났다가
무성한 잎들과 함께 사라지곤 합니다.
나무들이 흘린 눈물로 나의 등이 젖습니다.
발끝에서 작은 풀들이 넘어지는 것을 보며
폐가에 남아 있던 사람들을 생각합니다.
기억들 속에서 암호를 찾아내야 하고
그 암호를 가지고 집으로 돌아가야 합니다.

묶음 둘 | 알라스카의 염소

無爲의 즐거움

소금 없는 마을

한 줄기 외길이 있는 풍경

다른 길을 보지 못했겠지요

그 길을 나는 모르네

나의 王을 위한 기도

늦가을 들판에서

양들은 하늘을 보지 않는다

하늘을 날았으리

쓸쓸한 바람이 부는 그림

고운 단풍잎 하나

세느 강에서

사라스와티

집시의 노래

노아가 운다

바라나시에 가 있을 것이다

낮달과 함께

알라스카의 염소

無爲의 즐거움

할 일들을 모두 접어두고
햇빛 가득한 방에
아무 생각도 않고
오후 내내 앉아 있으면
방 한가운데로 강이 흐릅니다.

근심도 걱정도 없는 강
나는 배를 띄웁니다.
노가 없으니 그냥 흘러갑니다.

노래를 부릅니다.
때로는 슬픈 노래도 부르지만
햇빛 가득한 배 안에는
언제나 사랑과 평화가 있습니다.

일요일 오후마다
무심하게 흐르는 강 위에
나는 배를 띄웁니다.

소금 없는 마을

맨해튼에서는
소금으로 잔치를 한다.

분 냄새 나는 웃음소리를 들으며
짠 음식만 골라서 먹고
소금을 찾아서
타인의 꿈속을 드나들었다.

그 꿈에서 나오면
소금에 절여
폐허 된 거리에 유폐되고
빈방에 혼자 있게 된다.

소금이 없는 마을로 가고 싶다.
심심해서 무심해지고 싶다.

무심해져서 자유로운

마을로 가서

소금 없이 살고 싶다.

한 줄기 외길이 있는 풍경

눈 덮인 산맥을 향해서
길게 뻗어 있는 외길
상인들의 긴 행렬이 가고 있는

천 년 된 수도원
지붕은 무너졌고
벽만 위태롭게 버티고 있다.
넘어진 성상 주위에
총살된 젊은 주검들이 누워있다.

폭격을 맞은 다리 위에는
모래바람이 불어 가고,
강 건너 불에 탄 작은 마을에서는
아직도 연기가 나고 있다.

어제는 군인들이 지나갔고
오늘은 상인들의 긴 행렬이 가고 있다.

다른 길을 보지 못했겠지요

지도를 한참 보고 있으면
내가 살아온 길들이 나타납니다.

길이 아닌 곳에 발자국을 남긴 적도 있었고
불모의 땅을 오래 헤매기도 했습니다.

그 많은 길들 중에서
하필 그 길을 걸어야 했는지!

지금은 알 수가 없습니다. 어쩌면
그때엔 다른 길을 보지 못했겠지요.

그 길을 나는 모르네

내 마음이 꿈꾸는 나라
아름다운 전설이 있는 나라
그 나라로 가는 길을 나는 모르네.

아침마다 길을 떠나지만
그곳이 얼마나 멀리 있는지
그 나라로 가는 길을 나는 모르네.

내 마음이 꿈꾸는 나라
실성한 사람이 기뻐 노래 부르는 나라
그 나라로 가는 길을 나는 모르네.

나의 王을 위한 기도

내 마음의 地平에
높고 견고한 城을 쌓고
나의 王을 모시고 살았습니다.

어느 날 내 몸이 죽어 없어지면
내 마음속 성도 없어집니까?
나의 왕도 없어집니까?

내가 죽어 없어지는 날
길 떠났던 나의 분신이 돌아와
나의 왕을 모시게 하옵소서.

늦가을 들판에서

까마귀 떼 찾아와 이삭을 줍다가
꺼억 꺼억 고독을 씹으며 숲 속으로 숨으면

해 지기 한참 전인데
수확이 끝난 들판에는
빛들이 땅속으로 잠긴다.

작은 벌레들도 풀숲이나
땅속으로 숨는다.

늦가을 들녘 풍경은 쓸쓸하지만
모든 생명들은 들판에서 자취를 감추지만
절망하지는 말자.

내년 봄에
힘찬 빛과 함께
모든 생명들 세상에 다시 나오리.

양들은 하늘을 보지 않는다

붉은 모자를 쓴 목동과 훈련된 개들이
양들을 초원으로 인도하고
늑대로부터 보호하네.

평화와 풍요에 길들여진
양들은 하늘을 보지 않네.

구름이 흘러가고
새들이 날아다니는
파란 하늘을 보지 않네.

하늘을 날았으리

먼 옛날
닭의 조상들은
하늘을 날았으리

배부르게 먹어 통통해지고
날개가 퇴화하기 전에는
하늘을 날았으리

푸른 산 위로
파란 하늘을 날았으리

쓸쓸한 바람이 부는 그림

고국에서 추방당한 화가의 그림을 본다.
다시는 고향에 돌아가지 못하고
떠돌아다니면서 그림을 그렸다.

회색 지붕을 한 붉은 벽돌집
집 앞으로 시냇물이 느리게 흐르고
자작나무 숲 위로 쓸쓸한 바람이 분다.

드문드문 서 있는 고목들과 잡목들 사이
강으로 나가는 하얀 길
길 위로 쓸쓸한 바람이 분다.

평범한 풍경들인데
그림마다 쓸쓸한 바람이 분다.
정지된 시간 속으로 쓸쓸한 바람이 불어간다.

고운 단풍잎 하나

사십여 년 전, 여러 해 동안
출퇴근길에 지나다녔던 거리
병원은 그 자리 그대로 있고
상점들도 모두 그대로 있는데

이 거리에 살던 그 많던 친지들
지금은 하나도 없다.
더러는 이 세상을 떠났고
더러는 이사를 갔다.

아름드리나무들 그대로 있고,
길거리에 수북이 쌓여있는
낙엽들 바람에 쓸려간다.

나무들의 그림자 사이로
석양이 길게 비치고
고운 단풍잎 하나 떨어지며
내 앞을 스쳐 지나간다.

깡마른 손으로
시멘트 바닥을 붙잡지만
바람에 밀려
쌓인 잎들 위로 눕는다.
비 오면 울타리 밑에 몸을 묻으리.

세느 강에서

낮에는 루브르 박물관에서
그렇구나 그렇구나만 수없이 하고
저녁을 먹은 뒤에는
세느 강에서 유람선을 탔다.

검은 숲 너머 유서가 깊다는 건물들과
에펠탑을 사진에 담고
난간에 기대어 서 있다가
문득 생각했다.

하루 종일 감탄만 수없이 하고
감동은 한 번도 없었다.
나의 삶이 늘 그랬다.
달이 강물에 잠겨 흔들리고 있었다.

사라스와티*

지금은 없어진 문명의 흔적
모래에 파묻힌 목선 하나
삼천 년 동안 잠자고 있다.

대홍수가 나고 강줄기가 바뀌기 전
들에는 밀보리가 익어가고
도시의 거리에는
바빌로니아에서 온 상인들이 있었고
흙벽돌 집에는 긴 치마를 입은
여인들이 청동 그릇에 담긴
신선한 과일을 먹고 있었다.

대홍수가 나기 전에도
계급사회의 패악은 있었고
폭력의 잔인함은 있었으리.
가난한 사람들은 굶주렸고
노예들의 삶은 비참했으리.

인장과 증서는 있으나
판독할 수가 없다.

모래 속에 파묻힌 목선 하나
삼천 년 동안 떠나지 못하고 있다.

*사라스와티Sarasvati는 학문과 예술(특히 시와 음악)을 관장하는 힌두교의 여신으로 물(신령한 강)의 소유자였다.
고대 인도(지금의 인도와 파키스탄의 국경 근처)에 實在했던 강의 이름으로 대 홍수 때 없어졌다.
사라진 문명은 언제나 憂愁 (또는 哀愁)에 잠기게 한다.

집시의 노래

구도 승이 구슬픈 노래를 부르고
젊은 무녀들이 춤을 추네.

맨발로 사막을 건너온
여인이 노래하네.

가난한 시인을
배덕자라고 하네.

아름다운 것들을 사랑하되 잡지 말고
그냥 지나가게 해야 하는가?

붙잡고 편견과 가난 때문에
죽게 해야 하는가?

모래바람이 그친 사막에는
무녀들도 악사들도 떠나고 없는데,
달빛과 그림자뿐인데,

어디선가 사랑의 찬가가 들려오네.
달빛을 따라 사막 저쪽으로 흘러가네.

노아가 운다

비 오는 겨울 저녁
창밖에서
사람들의 통곡과 아우성이 들린다.

천둥과 번개가 치고
방주 밖에서
죽어가던 사람들의 슬픈 통곡 소리.

창문을 닫으니
모든 소리가 멀어져 가는데
점점 커져가는 울음소리가 하나 있다.

방안에서 21세기의 노아가 운다.

바라나시에 가 있을 것이다

뉴욕에서 수련의 과정을 하고 있을 때
인도인 동료 의사가 나에게 말했다.
"너는 전생에 바라나시에서 살았을 것이다."
그 뒤로 언젠가 바라나시에 가 있는
나를 상상해 보는 버릇이 생겼다.

출생과 세상의 인연을 끊고
긴 유랑을 끝내고
태양과 바람의 자식이 되어
바라나시의 거리에서
일용할 양식을 구걸하고
연기 피어오르는 숲 위로 해가 저물 때
강가로 나가서 노래 부르고 춤추고 싶다.

언젠가 바라나시에 가고 싶다.
무아의 경지에서
노래 부르고 춤추고 싶다.

낮달과 함께

가을이 오면
깃털보다 더 가벼워져서
파란 하늘을 날고 싶다.

날아가다가 더 가벼워져서
하얀 낮달과 함께
우주 어딘가에 있는
至純한 영혼이 사는
이승도 저승도 아닌 곳으로
날아가고 싶다.

날아가서
번민도 외로움도 없는
至極한 사랑을 하고 싶다.

알라스카의 염소

강한 턱뼈가 없고
날카로운 발톱이 없다.
뿔은 있으나
늑대를 만나면 쓸모가 없다.

산 아래 푸른 초원에는 부드러운 풀이 있고
늑대가 있다. 그래서
염소는 바위 절벽을 기어올라
추운 산등성이에서 억센 풀을 뜯는다.

슬픈 염소들은
차고 억센 바람 앞에 서서
파란 하늘을 보면서 산다.

묶음 셋 | 나그네의 정원에서

꿈에 아버지의 손을 잡고

어느 산촌에서

돌아온 탕자의 슬픔

돌섬

슬픔이 피리를 부네

오랜 친구를 보내면서

바람이 붑니다

폐허 된 정원

허망한 바람

불러야 할 노래가 없다

가슴에 박힌 대못

그래도 살아지더라

純白의 세상

절애 위에 등대만 남고

묘지에서 춤을 춘다

나그네의 정원

꿈에 아버지의 손을 잡고

어젯밤에는
아홉 살 소년이 되어
아버지의 손을 잡고 걸었습니다.
어딘지는 몰라도 낯익고 평화로운 마을
꽃가마 따라 기뻐 뛰며 걸었습니다.

고깔 쓴 사람들 춤을 추고
징소리, 북소리, 꽹과리 소리
농무가 한창일 때
아버지의 손을 잡고 춤을 추었습니다.
저승에서 돌아온 사람들
울기도 하고 웃기도 했습니다.

농무가 끝나고
어느 사이 나 혼자가 되어 들길을
다리가 아프도록 걸었습니다.
강가에 이르러 해가 저물 때까지
아버지를 기다렸습니다.

예순다섯 해가 지나고
아버지의 얼굴을 기억하지도 못하는데
꿈속에서는
한없이 기뻐서 황홀해지고
꿈에서 깨면은
아홉 살 아이처럼 울고 싶어집니다.

어느 산촌에서

산기슭 띄엄띄엄 농가 십여 호
마을 뒤에는 대나무 숲
마을 앞에는 참나무 숲
형과 내가 훗날 함께 살자고 했던 곳.

우리는 아직 이 마을에 와서
살아보지 못했는데
형이 이 세상을 떠나고 없네.

이제 논과 밭을 사고
집을 장만해도 소용이 없네.

집집마다 감나무가 있어서
가을 석양에 온 마을이 붉게 타는
이 산촌에 다시 올 일이 없겠네.

천천히 흐르는 시냇가를 지날 때
늙은 개가 빤히 쳐다보면서 짖지도 않네.

돌아온 탕자의 슬픔

고향 정거장에는
많은 사람들이 오고 가는데
아는 사람이 하나도 없다.

길들이 낯설고
눈에 익은 집이 하나도 없고
모르는 사람들만 모여
잔치를 하고 있는데
나는 어디로 가야 하는가?

해가 저물고 비가 내린다.
바람이 가로수를 마구 흔들고
찬비가 가로등 앞에서 번적거린다.
죄와 슬픔으로 상한 긴 세월
가을 빗속을 정처 없이 걷고 있다.

돌섬

밀물 때는 머리만 내놓고
썰물 때는 몸통을 들어내는 돌섬.

때때로 물새들 날아와
오물로 더럽히고 떠나면
파도에 둘러싸여 더 외로운 돌섬.

처음 만났을 때
너는 수평선을 쳐다보고 있었지.
나는 서른 해 동안 먼 나라를 떠돌았어.
오늘 와서 보니
너는 그 자리에 그대로 있구나!

주름살 깊이 패이고 그늘져 있는 너를
내가 뭍으로 끌어 올릴 수가 없구나!
걸어서 열 발도 안 되는데
파도 밀려오고 또 밀려와
부서지며 울고 있네.

슬픔이 피리를 부네

어둠이 와서
부드러운 어둠이 와서
방 안에 가득 차면,

먼 나라
아주 먼 나라의
슬픔이 따라와서

긴 비단 치마를 입고
춤을 추네.

조용히 그리고
아주 천천히
피리를 부네.

비단보다 더
부드러운 손이
나를 어루만지네.

슬픔이 나를 껴안고
밤새도록
어루만지네.

오랜 친구를 떠나보내면서

−김가현 학형의 장례식에서

병을 앓은 지 스무 한 해
험한 고비를 수없이 넘기고
약 없이는 견딜 수 없는 아픔과
만성 불면증에 시달리면서도
부지런하고 정직하게 살아온
나의 오랜 친구여!
이제 떠나가시는가?

사십 년 전 천 년 완골 밑에서
"오만한 사람의 편견을 참을 수 없다"하더니
평생을 불의한 사람과는 함께 하지 않았다.
큰 꿈을 가지고 있었으나
지병 때문에 다 이루지 못하였으니
한이 남지 않겠는가만
사람의 힘으로 어찌 다 이룰 수 있겠는가?

한 남자로 태어나서
부모님께 효도했고
아내를 지극히 사랑했고
두 아들과 두 딸을 훌륭하게 키웠고
사십 년 동안 좋은 의사로 일했으니
이제는 여한 없이 떠나소서.

우리들의 가슴 속에는
김형이 오래오래 살아있으리니
가슴 속 푸른 언덕에서
우리 함께 대화도 나누고 노래도 부르세.
나의 오랜 친구여!
편안히 가소서.

바람이 붑니다

바닷가 언덕에 서서
바람에 밀려오는
파도를 보고 있습니다.

어제의 고통과 불운은
어젯밤 바람에 모두 떠나갔습니다.
언덕 위로 불어간 바람은
산맥을 넘고 또 다른 바다로
멀리 불어 갑니다.

오늘은 새로운 바람이
바다 가득히
파도를 밀며 불어오고 있습니다.
아시아의 어느 항구를 떠나온
바람, 태평양을 건너
파도를 밀며 불어오고 있습니다.

폐허 된 정원

시든 풀들
뿌리도 말랐는데
살아날 기미가 보이지 않는데
언 땅에 찬비가 나리고 있다.

잎들이 모두 사라져 버린
마른 나뭇가지들
소생할 기미가 보이지 않는데
언 땅에 찬비가 나리고 있다.

이 땅에 비가 온다고
언 땅이 풀리겠는가?
이 땅에 봄이 온다고
폐허 된 정원에 새싹이 나겠는가?

허망한 바람

짙은 회색의 하늘 뒤에
하느님은 숨어 버리고
나는 찬송가를 부르지 않는다.

가지런하고 하얀 이를 드러내놓고
네가 웃고 있어서,
거리 저쪽에서
네가 웃으면서 오고 있어서,
나의 혼백이 밖으로 나가
날마다 돌아다닌다.

나의 가슴에는
큰 구멍이 뚫려졌고
허망한 바람이 새어 나온다.
요즈음은 그 허망한 바람이
노래가 되어 네가 오고 있는
거리 저쪽으로 가서 떠돈다.

불러야 할 노래가 없다

바다 위에 배를 띄우고
우리는 노래를 불렀다.

떠나온 항구를 그리워하며
우리는 노래를 불렀다.

우리들의 노래는
하얀 구름 위를 날았다.

네가 새처럼 날아가 버린
쓸쓸한 세상에는
불러야 할 노래가 없구나.

가슴에 박힌 대못

잠 못 이루게 아프더니
이제는 굳은 뼈대가 되어
빈 가슴을 채운다.

한밤중에
두 손으로 그 대못을 만지면
너는 흐느끼며 옛이야기를 한다.

그래도 살아지더라

패배와 절망이
삶을 바닥에 내동댕이쳐도,
그래도 살아지더라.

살아야 할 이유가 없어지고
모든 것을 버리고 싶어져도,
그래도 살아지더라

세상 사는 것이 죄스럽고
모든 희망이 사라져도,
그래도 살아지더라.

살다가 보니
새로운 만남도 생기고
기쁜 일도 생기더라.

純白의 세상

너와 함께 한 번쯤
이 스키장에 오고 싶었는데
나 혼자 왔다.

눈 덮인 산길을 걷고 있으니
길 위에 남아 있는 아쉬움 때문에
슬픔이 서걱서걱 소리를 낸다.

달빛 아래 순백의 스키장
슬프고 아름답다.
네가 간 곳도 이렇게 아름다우면 좋겠구나.

그런다 해도
너는 외롭고 슬프고 그립겠지.
바람이 우우 소리를 낸다.

절애 위에 등대만 남고

너의 묘지에서
교회와 유치원 건물을 보고 있으면
네가 거기에 있다.
생울타리 너머로 아이들을 보고 있다.

너는 결혼을 하고
아들과 딸을 낳고
아이들을 유치원에 보내고
행복하게 살았어야 했는데
너의 혼만 와서 쓸쓸한 모습으로
모르는 아이들을 보고 있구나!

내가 급한 마음으로 달려가니
네가 생울타리 너머 작은 길로 걸어간다.
내가 하염없이 따라가면
물새 맴도는 절애 위에 등대만 남고
너는 어디에도 없다.

물새들도 하야스럼한 바다로 날아가고
해지기 조금 전 바다는 쓸쓸해진다.

묘지에서 춤을 춘다

묘지에 와서
껍데기 벗어 던지고
모여든 혼령들과 어울려
미친 듯 노래 부르고 춤을 춘다.

혼령들이 노래한다.
독하고 모진 세상
껍질 없이 살 수 있느냐?
죄 많고 고통 많은 세상이지만
후회 없이 살아라.

해 질 녘엔
흐린 바다에 비가 내리고
나는 껍데기를 다시 입는다.
아들아
너의 한을 어찌할거나.
아들아
나의 죄를 어찌할거나.

나그네의 정원

나무를 심고
꽃을 가꾸고
아늑한 정원을 만들었다.

책을 읽고
친구와 대화를 나누고
행복하게 살다가
어느 화창한 날 세상 떠나며
아들에게 남겨주고 싶었다.

어느 겨울날 아들이 나를 떠났다.
그날 이후 돌보는 사람 없는
이 정원은 황폐해 갔다.
정과 한의 이야기를
가꾸어서 무엇하랴 싶었다

세월은 무심히 지나갔고
한은 커져갔다.
바람이 탄식하며 지나가고 있을 때
키가 큰 허수아비가 찾아왔다.
위태롭게 비틀거리며 걸어왔다.

그 뒤로 그는 자주 찾아왔다
웃으며 나와 함께
소주를 마시고
노래를 부르고
비틀거리며 춤을 추었다.

허수아비와 친하게 지내면서
정원을 다시 돌보기 시작했다.
이 정원이 애초에
누구에게 주기 위해서 만들어진
정원이 아니었음을 알았다.

바람이 쉬어가고
햇빛이 놀다 가고
허수아비가 와서 춤추는 곳
나는 이 아득한 정원에서
한 시절 살다가 떠나는 나그네.

묶음 넷 | 新 遊牧時代의 沙漠

잇혀진 사람

背德者의 辨明

창밖에 찾아와서

밥상 앞에서

실성한 바람이 되어

깃발

지름길

혼자서 만드는 길

죽은 새

忍苦하는 野生

하얀 연

먼바다의 海溢

두 개의 길

우주의 빛

겨울에 떠나는 巡禮

오래 견디는 바람이 되어

玄을 위한 詩

실성한 사람의 노래

쓸쓸한 세상에 그림 하나 남기고 싶습니다

잊혀진 사람

일 년 전 어느 날 그를 시장에서 만났다.
금방 알아볼 수 있었으나 귀신을 보는 듯 놀랐어.
그가 우리들의 세상에서 사라진 삼십여 년
나의 의식 속에서는
그가 이 세상을 떠난 것으로 되어 있었나 봐.
떠나면 멀어지고, 오래 돌아오지 않으면
죽은 사람으로 나의 기억 속에 입력되나 봐.
그가 웃으면서 나를 식당으로 끌고 갔다.

背德者의 辨明

모든 契約에는 독이 들어있어.
서명하기 전에 속임수가 있는지 알아내야 하는데
나는 그러지를 못했어.
어차피 계약 없이는 살아갈 수 없었어.
흔히 그랬던 것처럼 저울추는 한쪽으로 기울었지.
산성비 나리는 밤에 나는 고향을 떠나야 했어.

보이지 않는 국경, 세상 어디를 가도 그런 국경이 있어.
철조망도 검문소도 없어. 표지판 하나 없어. 그래도
넘으면 안 돼. 어쩌다 넘으면 적절한 조치를 취해야 해.
나는 그러지를 못했고, 그 도시를 떠나야 했어.
그 날도 산성비가 내렸어.

그 뒤로 변방을 떠돌다가
어느 날 법정에 서게 되었어.
판사가 말했지. 실성한 배덕자라고.
이름도 빼앗기고, 그림자도 없이
유령이 되어 세상 밖으로 쫓겨났어.

세상에서 쫓겨난 사람은 가족에게도 타인이 되지.
出家를 했네.
그때 가슴에 대못이 박혔어. 사람들이 그랬어.
죽지 않고 왜 구차스럽게 사느냐고.
살아야 할 이유를 찾아봤지만 없었어.
그래도 살아지더라고.

모든 희망이 사라지면서 모든 욕심도 사라졌어.
좌절했을 때는 분노 했어. 그러나
절망의 한 가운데서는 조용히 앉아 있을 수가 있었어.
아주 깊은 곳에서는 슬픔이 밀려오고
아주 먼 곳에서는 노래가 찾아왔어.

나는 가진 것이 없지만 편하게 살아.
세상이 나를 쫓아냈지만 나는 세상을 사랑해.
뭐! 도통했냐고. 아니야 그저 그렇게 사는 것이 편해.

창밖에 찾아와서

그해 여름은 건조했다. 그래도
나무들은 잎을 키워냈고, 가을이 왔다.
거리의 소식은 창틈으로 들어왔고
나는 여름 내내 세상 밖으로 나갈 생각만 했다.
방 안 공기가 무거워져서 창문을 열었더니
그 실성한 배덕자가 웃고 있었다.
세상 끝까지 함께 가자고 했어. 그때
아내가 나를 불렀어. 그래서 창문을 닫으려고 하니까
이 실성한 배덕자가 나를 화나게 했다.
나더러 진짜 속물 배덕자라고 욕을 했다.

밥상 앞에서

그는 가진 것이 하나도 없는데
잠옷 바람으로 돌아다닐 수 있는 집이 없는데
푹신한 침대가 있는 아늑한 방이 없는데
어째서 그가 나보다 편안해 보이는가?

그는 마누라가 없는데
식구들과 함께 저녁 식사를 하지 않는데
出家해서 식구도 가족도 없는데
어째서 그가 나보다 즐거워 보이는가?

그는 신용카드도 쓰지 못하는 신용불량자인데
직업이 없는데
연금도 받지 못하는데
어째서 그가 나보다 여유로워 보이는가?

그는 나와 나이가 비슷한데
나처럼 음식을 가려 먹지도 않는데

어째서 혈압이 높지도 않고
나보다 젊고 건강해 보이는가?

그는 가진 것이 없는데
세상에서 쫓겨난 지 오랜데
실성하지 않고는 즐거울 수가 없는데
어째서 행복하게 보이기까지 하는가?

나는 기분이 상했지만 아무 말 없이 저녁 식사를 했다.

실성한 바람이 되어

그해 겨울은 따뜻했다. 그래서
고목들과 병약한 나무들이 겨울을 견뎌냈다.
모두가 행복했다. 그런데
겨울이 그 끝에 왔을 때
대낮에 광장 한가운데서 쓰러졌고
오랫동안 일어날 수가 없었다.
생의 뒤안에서 밤마다 죄를 빌었다.
밤에 실성한 바람이 되어 길을 떠났다.
신 유목 시대의 사막으로 길을 떠났다.

깃발

안개 자욱한 숲 속의 갈림길에서
깃발을 따라서 걸었다.
모래바람 부는 외지에서도
펄럭이는 깃발을 보고 걸었다.
내 생을 이끈 힘은
깃발을 향한 정열이었다.

사막에는 깃발이 없다.

지름길

나는 지름길을 좋아했다.
지름길에서 독사를 만나기도 했고
돌부리에 채여 넘어지기도 했다.
지름길을 걷는 것이 반칙이라고 생각했으나
빨라서 좋았고
에너지 소모가 적어서 좋았다.

사막에는 지름길이 없다.

혼자서 만드는 길

언덕을 넘으며
마른 덤불 사이를 지나며
남긴 발자국
모래바람 불면
흔적도 없이 사라진다.

누군가 흘린 땀과
고통과 탄식이
오래 견디는 기운으로 남아
사막을 떠돌고 있을 뿐이다.

사막에서는
혼자서 길을 만들며 걸어야 한다.

죽은 새

모래 속에 반쯤 묻힌
죽은 새

날개의 색깔이 햇빛을 받아
아직도 아름답게 반짝인다.

저 푸른 하늘을
힘차게 날았으리.

날개 위로 바람이 스쳐 지나갈 때
우주의 탄식 소리가 들려왔다.

忍苦하는 野生

오존층이 없어져서
태양이 더욱 뜨거운 계곡
한 포기 풀이 시들고 있다.

내년 봄에
조각난 구름이 지나다가
비를 내리면
푸른 잎을 내고
꽃을 피우리라.

그리고 또다시 긴 고난의 세월을
견뎌야 하리.
生은 힘들고 아픈 것이기에.

하얀 연

끈의 긴장에서 벗어나고
가슴에 바람을
가득 채우고 비상하는
하얀 연

지상의 모든 인연을 끊고
모든 속박에서 벗어나고
그리하여 중력을 이기고
높게 멀리 비상하는
하얀 연

운명의 손이 너를 붙잡을 때까지
맑고 푸른 바람을 즐겨라.
무서워하지 말고
태양을 향하여 높이 날아라.

千苦의 땅이지만
사막은 아름다운 곳
바람이 머무는 곳에
긴 여로에서 상처받은 몸을 쉬어라.

먼바다의 海溢

언덕 위 성소에는
모래에 파묻힌 등대가 있다.
지금은 모래바람 부는 사막이지만
태곳적에는 바닷물로 가득 찼으리.

언덕 위 성소에는
모래에 파묻힌 폐선이 있다.
바다 저쪽 어느 대륙으로 가서
하늘과 땅과 바다의 비밀을 재던
측량선이 파묻혀 있다.

언덕 위 성소에서는
누군가 상품화된 시간을 풍화시키고 있다.
억만년 후에 밀려올
먼바다의 해일 소리를 듣고 있다.

두 개의 길

모래 언덕들을 넘고 또 넘어
달빛이 억만년 걸어간 길이 있다.

빛이 걸어간 아름다운 길과
어둠이 걸어간 서러운 길이
나란히 걸어간다.

두 개의 길이
사막 끝까지 함께 걸어간다.

우주의 빛

사막의 끝에 와서
소리의 진공 속을 걷고 있다.

억만년 달려온 우주의 빛
그 지극한 성의로 해서
밤하늘이 아름답구나!

지금 막 지구를 스쳐 지나가는
저 빛은 얼마를 더 가야
누구의 눈빛이 되는가?

지극한 성의로
그 먼 우주 공간을 달리는
저 빛들로 해서

우주는 살아 있고
밤하늘이 아름답구나!

겨울에 떠나는 巡禮

땅끝에 와서 먼바다를 보고 있네
절애 위로 불어가는 바람이
우리를 다시 떠나게 하네

바람은 길 위로 불어 가고
바람이 불어 가면 길이 되네.
길은 바람을 불게 하고
바람은 길을 만드네.

상처 없는 길이 어디 있는가?
죄와 슬픔 없는 길이 어디 있는가?
길 위의 외로운 바람이 되어
나는 다시 떠나야 하네

오래 견디는 바람이 되어

안개 자욱한 골짜기에서 길을 잃을 때는
기다리다가 해가 떠오르면
조용한 바람이 되어 길을 찾으십시오.

광야를 가다가 지치고 외로우면
노래를 부르십시오.
노래를 부르고, 또 부르다가
가볍디가벼운 바람이 되십시오.

우리는 다시 만나야 하지만,
십 년이 될지 백 년이 될지 나는 알지 못합니다.
이승에서 만날지 저승에서 만날지도 알지 못합니다.

사랑하는 사람아
오래 견디는 바람이 되어
우리는 다시 만나야 합니다.

玄을 위한 詩

우리는 빛이 되자.
아주 희미한 빛이어도 좋으니
빛이 되어 우주여행을 떠나자.

어느 외로운 행성에서 다시 만나
더 뜨거운 빛이 되어
우리는 우주의 끝까지 가자.

억만 킬로미터를 달려도
먼지 하나 만나지 못한다 해도
우리는 우주의 끝까지 가자.

우주의 끝까지 가서는
지구로 돌아오자.
돌아와서는 함께 타오르는 불이 되자.

실성한 사람의 노래

그는 때때로
시장 거리에서 내기를 했어.
중년에 장땡을 잡은 적이 있지.
그런데 판돈이 아주 적었어.
그 뒤로는 패를 잡지 못하고
오래 정들었던 시장을 떠났네

몇 해 전에 그림자 우글거리던
거리에서 내기를 하더라고.
그가 가진 것 전부를 걸었어.
엄지손가락에 힘을 주고 깠어, '따라지'를
거리에는 만국기가 걸려 있었고
하늘은 어찌나 푸르던지
그만 실성을 하고 말았네.

그 뒤로 그는 노래를 부르며
거리를 돌아다니네.

얼마 전에 그를 만났더니 말하더군.
근심도 걱정도 없고 거칠 것도 없다고.
나는 요즈음 창가에 앉아
그 실성한 사람이 부르는 노래를 듣네.
바람보다 가볍게 와서
강물 되어 흐르는 노래를 듣네.

쓸쓸한 세상에 그림 하나 남기고 싶습니다

세월이 너무 빨리 가고
사랑하는 사람들이 자꾸 이승을 떠나고
떠난 사람들이 몹시 보고 싶고
사는 일이 쓸쓸해져서
해변을 혼자 걸으며 생각합니다.

이 세상을 다시 산다 해도
다른 길이 없겠지만
도중에 잃어버린 것들을
돌이켜 생각하면 아쉬움이 남습니다.
작은 섬 너머로 해가 저물고
노을 진 바다는 더 쓸쓸해집니다.

내 뒤에 남겨질 사람들을 위해서
그림 하나 그리고 싶습니다.
쓸쓸하고 가슴 아리는 세상에
죄와 슬픔이 없고 그저 행복했던

그 따뜻한 길 위의 날들을
한 폭의 그림으로 남기고 싶습니다.

"죄와 슬픔을 넘어
치유와 구원의 시학으로"

김 승 희

"죄와 슬픔을 넘어
치유와 구원의 시학으로"

김 승 희(시인, 서강대 국문학과 교수)

1. 시는 병이자 치유

《맨해튼의 염소》의 시인, 기영주 시인의 두 번째 시집 《사막의 염소》의 출간을 진심으로 축하드린다. 시인의 말에서 그는 "2002년 첫 시집 《맨해튼의 염소》를 출간하면서 다시는 시집을 내지 못하리라고 생각했습니다. 상실의 아픔과 잘못 살았다는 생각 때문에 한동안 시를 한 편도 쓰지 못했습니다."라고 고백하고 있는데 사실 시의 자리란 바로 그 '상실과 잘못 살았다는 회한의 자리'라는 것을 역설적이게도 시인이 잘 보여준 셈이 된다. 거기가 시의 자리이고 시인의 자리인 것을 의사-시인인 그는 잘 알고 있을 것이다. 시는 곧 병이자 곧 치유이니까.

그는 캘리포니아 사막 위의 아름다운 지역인 오렌지카운티에서 30여 년 동안이나 의사로서 지냈다. 그는 1969년부터 75

년까지 뉴욕에서 수련의 생활을 했으며 그 후 1976년부터 85
년까지 오하이오에서 개업의로 지내다가 1985년부터 남가주
에서 개업의로 지냈으니 남가주에서 웬만큼 나이 드신 분들
은 거의 닥터 기의 진단과 치료를 한 번쯤은 받아 보았으리라
생각한다. 그렇듯 그는 인간 육체/내면에 깃든 아픔을 섬세하
고 예민하게 진단할 수 있는 감성을 지녔으며 또한 인간의 아
픔을 치유하는 따스한 마음의 약을 지닌 시인이다. 진단과 치
료, 혹은 치유—그것이 의사 시인 기영주의 문학적 영역이라
고 생각한다. 뉴욕에서의 초기 이민 생활 체험을 그린 《맨해
튼의 염소》(2002)라는 첫 시집을 이미 상재上梓한 바 있고 그
후 13년 만에 《사막의 염소》라는 제목의 두 번째 시집이 나오
게 되니 정말로 큰 경사라고 하지 않을 수가 없다. '염소'라는
객관적 상관물이 닥터 기의 시적 자아의 표상이라고 생각되
는데 시집 《맨해튼의 염소》와 《사막의 염소》는 쌍둥이 빌딩처
럼 그가 미국의 동부와 서부에서 살아온 인생 역정의 두 언어
적 기념비를 이루고 있다고 하겠다.

　맨해튼이라는 첨단 문명의 아스팔트에서의 삶도 초기 이민
자, 도시의 의사에게는 목마르고 힘들었겠지만 오렌지카운티
지역도 매우 아름다우나 역시 사막 위의 땅이기에 아득한 고
갈의 목마른 생존의 이야기가 공존한다. 그러한 사막의 목마
른 땅에서 시인은 '염소'라는 이미지를 갈고 닦으며 모국어를
놓지 않고 자신의 삶을 쓰고 있다. 쓴다는 행위 자체가 질병
이자 의료이자 치유인바 그의 시는 머나먼 이방의 사막에서
고향과 상실을 향해 부르는 서정적 노래로, 때로는 난마와 같

이 얽힌 현대의 아픈 삶을 향한 지적 풍자로, 때로는 죽음의 너머에 있는 혈육들을 건너다보는 초연하고 담담한 애가哀歌로 나타난다. 그렇게 그는 이방의 머나먼 땅에서 자신의 외로움과 아픔의 환부를 불러내서 잊어버릴 수 없는 모국어로 치료하고 있는 언어적 의사—시인이기도 한 것이다.

2. 희생제사/ 속죄제의 염소

앞서 말한 바와 같이 그의 시에는 '염소'가 중요한 객관적 상관물로서 드러나는데 염소는 그의 시적 자아, 혹은 현대인의 자아의 표상으로 보인다. 그의 시집 앞부분 '묶음 하나'에 나오는 시 〈염소의 뿔〉을 읽어본다.

바쁜 사람들 사이에서 밀리며
콘크리트 보도를 걷고 있는
염소, 그의 뿔을 누가 무서워하랴.
오래전에 용도 폐기된, 그러나
버릴 수 없는 유산.
상처받은 뿔을
밤마다 새롭게 다듬는
염소여, 뿔이 있어 광대가 된
이방의 절름발이여
가면을 벗어버리자.
뿔이 있어 귀한 야생이여
죄와 슬픔을 견디고

새로운 순례를 떠나자.

– 시 〈염소의 뿔〉 전문

대도시의 콘크리트 보도를 걷고 있는 '염소'는 그 자체가 하나의 이색적인 이방의 존재다. 잘못된 공간과 잘못된 시간 속에 존재하는 어울리지 않는 이탈된 존재요 염소의 허약하고 우스꽝스러운 뿔은 이미 '오래전에 용도 폐기된 것'이다. 그 '뿔'은 염소에게는 '버릴 수 없는 유산'이지만 아무도 무서워하지 않는 '귀한 야생'의 희화화된 상징이다. 뿔은 고집스런 염소의 정체성을 보여주고 또 염소는 뿔을 다듬는데 자신의 자존감을 건다. 뿔이 있어 광대가 될 수밖에 없는 '이방의 절름발이'이지만 뿔을 부정하지 않고 그 죄와 슬픔의 정체성을 '새로운 순례'의 정체성으로 바꾸는 것이 기영주 시인의 놀라운 전환의 상상력이다. 좋은 시인은 그렇게 일상의 지평에서는 결코 이루어질 수 없는 전환의 상상력을 통해 메마르고 무기력한, 소진된 일상의 맥락을 구원한다. 기영주 시인의 시편들은 다 그 염소의 말이며 그 염소 뿔의 말이다. 그의 '염소'는 장소성을 가지고 나타나는데 맨해튼, 사막, 알라스카와 같이 장소를 달리하여 염소의 이미지를 복합적으로 변주한다.

강한 턱뼈가 없고
날카로운 발톱이 없다.
뿔은 있으나
늑대를 만나면 쓸모가 없다.

산 아래 푸른 초원에는 부드러운 풀이 있고
늑대가 있다. 그래서
염소는 바위 절벽을 기어올라
추운 산등성이에서 억센 풀을 뜯는다.

슬픈 염소들은
차고 억센 바람 앞에 서서
파란 하늘을 보면서 산다.

―시 〈알라스카의 염소〉 전문

　알라스카의 염소를 묘사하는 데 있어서 부정어법이 반복적으로 사용되고 있는 수사학적 장치를 먼저 주목하고 싶다. 즉 시인이 염소를 그릴 때 염소가 가지고 있는 것보다는 염소에게 '없는 것'이 먼저 그려진다. 시인의 눈이 소유보다는 결핍에 초점을 맞추고 있다는 것이 암시된다. 염소의 없는 턱뼈, 발톱, (있기는 있으나 무용한) 뿔이 먼저 묘사된다. 아무것도 자신을 방어할 수단을 가지지 못한 염소는 늑대를 피해 푸른 초원을 저버리고 추운 산등성이에서 '억센' 풀을 뜯고 있다. 그에게 주어진 것은 차고 억센 바람 앞에서 억센 풀을 뜯어 먹는 삶이다. '파란 하늘'이 그에게는 치료다. 사실 '염소'는 기독교적 상상력에서 '양'과 대립되는 존재이다. 양처럼 하나님의 자녀가 될 수 없어 외롭게 광야를 떠도는 염소는 '버려진 자'의 은유다. 염소는 또한 종교의식에서 하나님께 바쳐지는 희생제사의 동물로 나타나기도 하고 또 하나는 다른 사람들의 죄를 짊어지고 광야로 보내져 다른 사람들의 불결한

죄를 속죄하기 위해 죽는 속죄제의 염소로 나타난다. 염소는 죄 때문에 추방당한 외로운 이방의 '유목'의 존재이면서 동시에 속죄의 의미로 바쳐지는 희생제의의 성스러운 상징이다.

기영주 시인의 염소는 그렇게 외롭고 거칠고 험난한 장소를 유목민처럼 떠돌며 시적 자아의 외로운 죄와 슬픔을 순례의 길로 변용하며 신을 잃어버린 어둠의 시간 속을 떠돈다. 〈진짜 나의 말이 우울해져서〉와 같이 호주머니 속에 송곳과도 같은 아픔과 우울과 공격성을 감추고 가면의 일상을 영위하기도 한다.

오늘 내가 했던 말들이
바지 주머니 속에 들어가 있다가
침실에까지 따라왔다.

이웃과 어울리기 위해서
의미 없는 말들을 하고,
체면 때문에 악의 없는 거짓말을 하고,
직장에서는 동료를 기쁘게 하려고 또는
아부하려고 꾸며낸 말을 하고,
진짜 내 말은 하나도 못했다.

세상에 나갈 수 없는
진짜 나의 말이 우울해져서
몸속을 돌아다니고
가슴을 꾹꾹 찌른다.

오늘 밤 수면을 방해 하려나 보다.

−시 〈진짜 나의 말이 우울해져서〉 전문

여로의 끝에 와서
다시 한 번 안개 자욱한 계곡을 지나고 있습니다.
집으로 가는 길에 이곳을 피할 수가 없습니다.
수없이 많은 발자국 소리만 들리지만
안개의 숲에서는 아무도 만날 수가 없습니다.
차고 끈적끈적한 안개를 숨 쉬며 기침을 할 때면
누런 추억이 목에서 그르렁거립니다.

유목민이 되어 분노와 슬픔을 참으며
차고 메마른 바람 불고
마른 풀들이 누워있는
황량한 대지를 지나왔습니다.
신령한 산 아래에서는
신이 양의 피를 빨아먹고 잠들어 있었습니다.
모반의 도시에서 받았던 상처와 고통에 대한 기억들이
憂愁와 迷夢의 숲을 빠져나갈 수 있게 합니다.

분별할 수 없는 글들이 나무의 등에 나타났다가
무성한 잎들과 함께 사라지곤 합니다.
나무들이 흘린 눈물로 나의 등이 젖습니다.
발끝에서 작은 풀들이 넘어지는 것을 보며
폐가에 남아 있던 사람들을 생각합니다.

기억들 속에서 암호를 찾아내야 하고

그 암호를 가지고 집으로 돌아가야 합니다.

－시 〈歸路〉 전문

위의 시 〈歸路〉는 매우 아름다우며 철학적인 시이다. 유목민 염소의 분노와 슬픔, 눈물과 회의懷疑와 생존의 고통이 은유적으로 잘 비유되고 잘 상징화된 시이다. 유목민 염소가 집으로 돌아가기 위해서는 안개 자욱한 계곡을 거쳐야 한다. 그 안개의 계곡을 지날 때 신은 '양의 피를 빨아먹고' 잠들어 있고 '모반의 도시'에서 받았던 상처와 고통의 기억이 오히려 시적 화자의 죄와 슬픔을 부축하여 우수와 미몽의 숲을 빠져나갈 수 있게 한다. 신의 축복과 사랑을 얻지 못한 버려진 염소는 자신의 상처에 기대어 어둠의 계곡을 통과하지만 그러나 신의 암호를 풀기 위한 성스러운 노력을 포기하지 않는다. "분별할 수 없는 글들이 나무의 등에 나타났다가/ ..../ 나무들이 흘린 눈물로 나의 등이 젖습니다"와 같은 아름다운 문장은 '폐가에 남아있던 사람들'에게 암호를 가지고 돌아가고 싶은 속죄제 염소의 비통한 어둠의 우수憂愁를 더 강하게 드러내 주는 시적 장치가 된다.

'염소'를 '양'의 이미지에 대립되는 것으로 인식하고 있는 시인의 시각이 직설적으로 드러나는 시로 〈양들은 하늘을 보지 않는다〉를 들 수 있다 "붉은 모자를 쓴 목동과 훈련된 개들이/양들을 초원으로 인도하고/늑대로부터 보호하네./ 평화와 풍요에 길들여진/ 양들은 하늘을 보지 않네./ 구름이 흘러가고/ 새들이 날아다니는/ 파란 하늘을 보지 않네." 양은 신의 보호를 받고 있지만 특별히 축복된 존재로 보지 않는 시적 화자의 시각은 양이 오히려 '파란 하늘'을 바라보지 않는 역설적 삶의 양태를 가지고 있음을 비판적으로 바라본다. 평화와 풍요로 충만한 양들에게는 '하나님이 계시는' 하늘이 결핍되지 않아서인지도 모르지만 〈알라스카의 염소〉에서 "슬픈 염소들은/ 차고 억센 바람 앞에 서서/ 파란 하늘을 보면서 산다."라는 시구를 기억한다면 양들 보다는 버림받은 염소가 더 하늘을 연모하는 순례의 존재로 드러난다.

3. 유목민의 길과 그 '꿈속의 정원'

그의 시에는 코스모폴리탄으로 살아가는 이방인−염소의 아픔과 슬픔이 행간을 흘러간다. 행간 사이에 그의 울음소리가 맑은 강물처럼 느껴질 때도 있다. 나는 그의 개인사를 잘 알지 못하지만 그가 '계약'과 연관된 어떤 트라우마를 가지고 있었던 것이 아닐까, 라는 의문이 생기도 한다. 사실 '모든 계약에는 독이 들어있다"는 그의 말에는 개인사라기보다는 인류의 보편적 진실이 담겨있기도 하지만 말이다.

모든 契約에는 독이 들어있어.
서명하기 전에 속임수가 있는지 알아내야 하는데
나는 그러지를 못했어.
어차피 계약 없이는 살아갈 수 없었어.

흔히 그랬던 것처럼 저울추는 한쪽으로 기울었지.
산성비 나리는 밤에 나는 고향을 떠나야 했어.

보이지 않는 국경, 세상 어디를 가도 그런 국경이 있어.
철조망도 검문소도 없어. 표지판 하나 없어. 그래도
넘으면 안 돼. 어쩌다 넘으면 적절한 조치를 취해야 해.
나는 그러지를 못했고, 그 도시를 떠나야 했어.
그 날도 산성비가 내렸어.

그 뒤로 변방을 떠돌다가
어느 날 법정에 서게 되었어.
판사가 말했지. 실성한 배덕자라고.
이름도 빼앗기고, 그림자도 없이
유령이 되어 세상 밖으로 쫓겨났어.

세상에서 쫓겨난 사람은 가족에게도 타인이 되지.
出家를 했네.
그때 가슴에 대못이 박혔어. 사람들이 그랬어.
죽지 않고 왜 구차스럽게 사느냐고.
살아야 할 이유를 찾아봤지만 없었어.
그래도 살아지더라고.

모든 희망이 사라지면서 모든 욕심도 사라졌어.
좌절했을 때는 분노 했어. 그러나
절망의 한 가운데서는 조용히 앉아 있을 수가 있었어.
아주 깊은 곳에서는 슬픔이 밀려오고
아주 먼 곳에서는 노래가 찾아왔어.

나는 가진 것이 없지만 편하게 살아.

세상이 나를 쫓아냈지만 나는 세상을 사랑해.

뭐! 도통했냐고. 아니야 그저 그렇게 사는 것이 편해.

—시 〈背德者의 辨明〉 전문

시적 화자인 '나'는 어떤 특정한 계약이 아니더라도 인간으로서 할 수 있는 어떤 계약에서 실패를 하고 그 실패의 대가로 고향을 떠나 변방으로 떠돌다가 법정에 서게 되는데 법정에서 '실성한 배덕자'라는 판결을 받고 유령처럼 세상의 바깥을 떠돌게 된다. 유령으로 세상에서 쫓겨난 사람은 가족에게도 타인이 되어 가슴에 대못이 박힌 채로 살아간다. 아니 살아간다기보다는 "그래도 살아지더라고"라고 간접화법으로 말하는 삶에서는 희망도 욕심도 좌절도 분노도 다 사라진다. '그러나', 여기에서는 반전의 접속사 '그러나'가 매우 중요하다. "그러나/ 절망의 한 가운데서는 조용히 앉아있을 수가 있었어./ 아주 깊은 곳에서는 슬픔이 밀려오고/ 아주 먼 곳에서는 노래가 찾아왔어"라는 반전의 상상력을 통해 아픈 대못이 박힌 절망의 자리에서 찾아온 노래를 통해 아주 조용하지만 강인한 사랑의 에너지를 얻게 된다. '찾아온 노래'로 인해 "세상은 나를 쫓아냈지만 나는 세상을 사랑해"라고 말할 수 있게 되는 것이다. 병이 곧 치유가 되는 순간이다. 그 순간을 위해 시인은 오히려 병의 자리를 사랑하기도 한다.

이민자의 삶은 늘 자신이 가지 않은 길에 대해 그리워하는 삶이기도 하다. 자발적 이민이라 하더라도 상실과 회한은 남는다. 그러한 상실과 회한을 시인은 사막의 길에서 고요히 묵상한다. 빛과 어둠의 두 길은 양과 염소의 두 길이기도 하다.

모래 언덕들을 넘고 또 넘어
달빛이 억만년 걸어간 길이 있다.

빛이 걸어간 아름다운 길과
어둠이 걸어간 서러운 길이
나란히 걸어간다.

두 개의 길이
사막 끝까지 함께 걸어간다

－시 〈두 개의 길〉 전문

그는 사막의 생태학 내지는 생존학에 대해 여러 번 쓰고 있다, "사막에는 깃발이 없다", "사막에는 지름길이 없다", "사막에서는/ 혼자서 길을 만들며 걸어야 한다", "사막은 아름다운 곳/ 바람이 머무는 곳에/ 긴 여로에서 상처받은 몸을 쉬어라" 등 사막에서 터득한 지혜를 현자처럼 전하고 있다. 이렇게 낯선, 머나먼 길 위에서 만난 사람들은 다 혈연이고 자아의 분신일 수 있다. 〈코스모폴리탄의 귀향〉에서 그는 고향이 없다고 늘 말해온 쓸쓸한 이웃의 한 귀향 선언을 바라본다. 더 이상 치료할 방도가 없다고 죽음을 선고받자 귀향하겠다고 말한 그 화교는 결국은 죽어서 남가주에 묻힌다. "우리들 코스모폴리탄은/ 귀향을 꿈꾸지만 돌아가지는 않는다"고 시적 화자는 쓸쓸히 되뇌인다. 즉 코스모폴리탄은 고향에 돌아가고 싶으나 돌아가지 않는다고 요약될 수 있다. 결국 디아스포라의 무덤만 태평양이 바라보이는 해변 언덕에 남는다.

4. 〈나그네의 정원〉과 어머니 태몽 중의 아름다운 노래로

이 시집 중에서 가장 아름다운 시는 〈나그네의 정원〉이라고 생각한다. 지상에 잠시 머물다가 사라지는 인간과 영원한 자연의 숙명을 대비하고 있는 이 시는 투명한 눈물 속으로 얼핏 비치는 한 줄기 햇살과도 같은 진리와 미의 금싸라기를 이룬다. 시인은 먼 훗날 아들에게 물려주려고 그동안 나무를 심고 꽃을 가꾸고 아늑한 정원을 만들었으나 아들이 먼저 세상을 떠나자 정원을 황폐하게 내버려둔다. 정원의 의미가 사라졌다고 느낀 것이다. 그러나 결국 그는 마침내 지상에서의 아름다운 정원은 아들에게 물려주기 위한 것이 아니라 "바람이 쉬어가고 햇빛이 놀다 가고/ 허수아비가 와서 춤추는 곳"이라는 자연 본래의 의미를 깨닫는다. 오히려 인간이 한낱 나그네에 지나지 않는 것이다.

나무를 심고
꽃을 가꾸고
아늑한 정원을 만들었다.

책을 읽고
친구와 대화를 나누고
행복하게 살다가
어느 화창한 날 세상 떠나며
아들에게 남겨주고 싶었다.

어느 겨울날 아들이 나를 떠났다.
그날 이후 돌보는 사람 없는
이 정원은 황폐해 갔다.
정과 한의 이야기를
가꾸어서 무엇하랴 싶었다

세월은 무심히 지나갔고
한은 커져갔다.
바람이 탄식하며 지나가고 있을 때
키가 큰 허수아비가 찾아왔다.
위태롭게 비틀거리며 걸어왔다.

그 뒤로 그는 자주 찾아왔다
웃으며 나와 함께
소주를 마시고
노래를 부르고
비틀거리며 춤을 추었다.

허수아비와 친하게 지내면서
정원을 다시 돌보기 시작했다.
이 정원이 애초에

누구에게 주기 위해서 만들어진
정원이 아니었음을 알았다.

바람이 쉬어가고
햇빛이 놀다 가고
허수아비가 와서 춤추는 곳
나는 이 아득한 정원에서
한 시절 살다가 떠나는 나그네.

— 시 〈나그네의 정원〉 전문

　이렇게 아름다운 시선으로 혈육의 죽음과 인간 욕망의 문제
를 승화된 경지에서 노래하는 시인은 사막에 반쯤 묻힌 죽은
새를 바라보고서 우주의 탄식 소리를 듣는 경지에 이른다. 경
지가 높다고 시가 다 아름다운 것은 아니지만 그의 맑은 경지
는 심장을 칼로 찌르는 피와 살의 아픔을 배면에 거느리고 있
어 그 맑은 진정성이 참으로 고아高雅하다. 이렇게 사막의 땅
에서 힘들여 가꾼 사랑의 정원을 바람과 햇빛과 허수아비가
놀게끔 버려두고 그는 "내 뒤에 남겨질 사람들을 위해서/ 그
림 하나를 그리고 싶습니다./쓸쓸하고 가슴 아픈 세상에/ 죄
와 슬픔이 없고 그저 행복했던/ 그 따뜻한 길 위의 날들을/
한 폭의 그림으로 남기고 싶습니다"라고 노래한다. '죄와 슬
픔이 없고 그저 행복했던 날들'은 누구나의 간절한 소망이지
만 그것을 나는 〈어머니의 태몽 중에 빛나는 것들〉이라는 시
집 최초의 시에 연결시켜서 생각해보고 싶다. 원죄를 가지고
태어나 또 선악과를 먹고 죄를 짓고 양의 길에서 쫓겨나 염소

처럼 살다가 시련을 겪으며 순례의 길을 가는 시적 화자에게 '죄와 슬픔이 없는 그저 행복하기 만한 날들'은 어머니의 태몽 중에 빛나는 것들 속에서나 존재하는 것이었으리라.

"오늘은 한적한 거리, 옛 국도를 걷다가/ 나를 기쁘게 하는 노래를 들었다/ 어머니의 태몽 중에 빛나는 것들/ 그 사랑과 행복을 노래 부르고 있었다/ 아직도 이 도시에 태몽을 꾸는 사람이 있는가 봐/ 빛나고 아름다운 어머니의 꿈속으로/ 계약이 필요 없는 마을로 돌아가고 싶다"

현실 세계는 '계약이 필요한 마을'로 나타나고 이상 세계는 '계약이 필요 없는 마을'로 그려진다. 계약이 필요한 현실 세계를 떠나 이제 계약이 필요 없는 어머니의 태몽 꿈속으로 돌아가고 싶은 시적 화자의 꿈은 초현실적이면서도 불멸의 방향을 가진다. 이렇게 매우 철학적이고도 매우 서정적이기도 한 '사막의 염소'는 무기력한 염소의 절망과 죄와 슬픔, 운명과 분노, 환멸, 외로움, 아픔을 스스로 치료하면서 지상에서의 인간의 숙명을 맑게 응시하고 '죄와 슬픔이 없는. 그저 행복했던 날들'을 어머니의 태몽 중에서 발견하며 자기 몫의 순례의 노래를 부르고 있다. 사막에서 울려 퍼지는 염소의 노래ー 자기를 치료하면서 또한 다른 이의 외로운 환부患部에 가 닿는 노래. 어디에 살며 마음에 어떤 병을 앓고 있든지 끝끝내 모국어는 자기 치유의 약이라는 것을 기영주 시인의 두 번째 시집《사막의 염소》는 잘 보여준다. 시집 발간을 진심으로 축하드린다.